Título original: *Il mio migliore amico*
Editor original: Kite Edizioni S.r.l. • Padova - Italie
www.kiteedizioni.it

Traducción: Equipo Editorial

1.ª edición Noviembre 2016

© 2012 Kite Edizioni S.r.l.

© 2016 *by* Ediciones Urano, S.A.U.
Aribau, 142, pral. – 08036 Barcelona
www.uranito.com

ISBN: 978-84-16773-11-4
E-ISBN: 978-84-16715-49-7
Depósito legal: B-16.211-2016

Fotocomposición: Ediciones Urano, S.A.U.

Impreso por: Gráficas Estella, S.A.
Carretera de Estella a Tafalla, km 2 – 31200 Estella (Navarra)

Impreso en España – *Printed in Spain*

satoe tone

# mi mejor amigo

## Uranito

Argentina • Chile • Colombia • España
Estados Unidos • México • Perú • Uruguay • Venezuela

Había una vez un conejo que vivía en una manzana.

Un día de lluvia se encontró un huevo abandonado.

Lo recogió y se lo llevó a casa.

Le puso una corbata de lazo igual que la suya.

Y compartió con él su comida favorita.

Se divertían haciéndolo todo juntos.

Y los amigos de uno eran los amigos del otro.

Juntos daban largos paseos por el bosque,

aunque el conejo siempre temía

que el huevo se rompiera.

A ambos les hubiera encantado que aquellos días durasen para siempre.

Pero un día, una sombra se posó sobre ellos.

Era la madre del huevo y le dijo que debían marcharse.
El conejo intentó detenerla.

Pero de nada sirvió.

Se quedó solo, con el único objeto que le recordaba a su amigo.

Lloró toda la noche sin saber

qué hacer.

Se fue a casa y trató de convencerse de que todo seguía

igual que antes, pero sabía que no era verdad.

Sin el huevo todo era diferente.

Se pasaba los días esperando a que volviese.

Y un día, su amigo volvió.
El conejo se quedó asombrado de lo mucho
que había cambiado.